la courte échelle

S0-ELL-960

Mme Sophie

Les éditions de la courte échelle inc.

Denis Côté

Denis Côté est né le 1er janvier 1954 à Québec, où il vit toujours. Diplômé en littérature, il a exercé plusieurs métiers avant de devenir écrivain à plein temps.

Pour les jeunes, il a publié dix-huit romans et deux recueils de nouvelles, en plus de participer à deux recueils collectifs.

Ses romans jeunesse lui ont valu plusieurs prix et mentions, dont le Prix du Conseil des Arts, le Grand Prix de la science-fiction et du fantastique québécois, le prix M. Christie et le Grand Prix Brive/Montréal du livre pour adolescents pour l'ensemble de son oeuvre. De plus, il a reçu à deux reprises le premier prix des clubs de lecture Livromagie. Certains de ses livres ont été traduits en anglais, en danois, en espagnol, en italien, en néerlandais et en chinois.

Amateur de musique pop, de cinéma et de B.D., il aime la science-fiction, les romans policiers et les histoires d'horreur. C'est d'ailleurs exactement ce qu'il écrit depuis 1980.

L'île du savant fou est le quinzième roman qu'il publie à la courte échelle.

Stéphane Poulin

Stéphane Poulin est né en 1961. En 1983, il remporte la mention des enfants au concours Communication-Jeunesse. Depuis, il a obtenu plusieurs prix, dont le Prix du Conseil des Arts, en 1986. En 1988, il reçoit le *Elizabeth Cleaver Award of Excellence* pour l'illustration du meilleur livre canadien de l'année. En 1989, il gagne le *Boston Globe Award of Excellence*, prix international du meilleur livre de l'année, ainsi que le *Vicky Metcalf Award for Body of Work*, pour l'ensemble de son travail d'illustrateur. Puis en 1990, on lui décerne le Prix du Gouverneur général.

L'île du savant fou est le huitième roman qu'il illustre à la courte échelle.

Du même auteur, à la courte échelle

Collection Roman Jeunesse

Les géants de Blizzard

Série Maxime:

Les prisonniers du zoo
Le voyage dans le temps
La nuit du vampire
Les yeux d'émeraude
Le parc aux sortilèges
La trahison du vampire

Collection Roman+

Terminus cauchemar
Descente aux enfers
Aux portes de l'horreur

Série des Inactifs:

L'arrivée des Inactifs
L'idole des Inactifs
La révolte des Inactifs
Le retour des Inactifs

Denis Côté

L'ÎLE DU SAVANT FOU

Illustrations
de Stéphane Poulin

la courte échelle
Les éditions de la courte échelle inc.

Les éditions de la courte échelle inc.
5243, boul. Saint-Laurent
Montréal (Québec) H2T 1S4

Conception graphique:
Derome design inc.

Révision des textes:
Pierre Phaneuf

Dépôt légal, 3e trimestre 1996
Bibliothèque nationale du Québec

Copyright © 1996 Les éditions de la courte échelle inc.

Données de catalogage avant publication (Canada)

Côté, Denis

L'île du savant fou

(Roman Jeunesse; RJ62)

ISBN 2-89021-275-0

I. Poulin, Stéphane. II. Titre. III. Collection.

PS8555.0767143 1996 jC843'.54 C96-940544-8
PS9555.0767143 1996
PZ23.C6711 1996

À mon très cher grand ami Pouce

Je t'avais promis de te raconter toute l'histoire. La voici.

Depuis mon retour, tu n'as pas cessé de me poser des questions. Si je me suis tu, c'est parce que les policiers m'avaient demandé «la plus absolue discrétion».

J'ai fini par en avoir marre de ce jeu de cache-cache. J'ai décidé que mon meilleur ami avait le droit de savoir.

Chapitre I
Kidnapping

C'était le 10 juillet.

Comme tu dois te le rappeler, Monsieur Toc sortait de prison ce jour-là. Jo, toi et moi avions convenu de souligner sa libération en nous présentant chez lui.

De nous trois, tu étais le moins enchanté par cette idée. «On le connaît à peine, ce vieil homme! disais-tu. Et puis, il est tellement grincheux!»

Quand il était gardien au Jardin zoologique, Monsieur Toc n'avait pas été très amical avec nous, je l'admets. Moi aussi, j'avais remarqué qu'il préférait les animaux aux humains. C'est d'ailleurs cet amour excessif qui l'a conduit en prison.

Je pense toujours que le geste qu'il avait posé à l'endroit du zoologue était justifié. D'accord, c'est plutôt brutal d'enfermer quelqu'un dans une cage durant plusieurs jours. Mais ce docteur Merle, tu t'en souviens, était une espèce d'enragé. Un psychopathe, presque! Et surtout, les expériences qu'il menait en secret sur les bêtes du zoo étaient terriblement néfastes!

Monsieur Toc devait prendre des mesures radicales pour le mettre hors d'état de nuire.

Heureusement, la justice a imposé au vieillard une sentence réduite. Quant au Dr Merle, il s'en est tiré sans qu'aucune accusation ne soit portée contre lui. Il avait eu le temps de faire disparaître tout son matériel du Jardin zoologique. Depuis, on n'avait plus entendu parler de ce saligaud.

Le 10 juillet était une journée splendide. Toi, Jo et moi, on avait donc choisi le vélo pour se rendre chez Monsieur Toc.

Jo était ravissante cet après-midi-là. Je la trouve jolie en toute circonstance. Mais lorsqu'elle porte sa petite jupe bleu marine, on dirait que sa beauté est encore plus frappante.

Même si tout s'annonçait bien, notre projet est tombé à l'eau. Aussitôt rendus à destination, on a aperçu cette fourgonnette noire garée devant la maison. Et surtout les quatre individus en train de kidnapper Monsieur Toc!

Tout s'est déroulé très vite. Une seconde après notre arrivée, les portières claquaient, et le véhicule démarrait en trombe. On s'est alors lancés dans une poursuite impossible: nos vélos contre leur fourgonnette. Je t'entends encore rugir que c'était inutile et qu'il fallait plutôt alerter la police.

On a quand même tenu le coup comme des pros de la filature. Une chance qu'il y avait ces travaux routiers qui s'étendaient sur plusieurs kilomètres. Pendant que les véhicules avançaient à pas de tortue, on roulait sur l'accotement presque à vitesse normale.

Combien de temps cette chasse a-t-elle duré? Ça m'a paru très long.

S'éloignant des quartiers résidentiels, la fourgonnette s'est engagée sur une route longeant une forêt. Finalement, elle s'est enfoncée dans le bois en empruntant un chemin de terre. Une pancarte annonçait: «Privé — Défense d'entrer».

Trempés de sueur, on a repris notre souffle. Il n'y avait pas âme qui vive dans les environs.

Tu as été le premier à parler:

— Ne comptez pas sur moi pour aller plus loin. On sait où se trouvent les ravisseurs. La police fera le reste.

Dans tes propos, mon cher Pouce, j'ai reconnu la voix de la raison. Mais quelle satanée mouche m'avait donc piqué ce jour-là? On aurait dit qu'il ne restait plus une once de sagesse dans ma caboche.

Indiquant le chemin de terre, j'ai annoncé que je continuais. Aussi folle que moi, Jo a déclaré qu'elle n'abandonnerait pas Monsieur Toc le jour de sa libération.

Toi, tu nous observais, l'air découragé:

— Si vous avez envie de vous faire tuer...! Moi, je m'en vais avertir la police. Désolé!

Au moment où tu t'éloignais, j'ai failli retrouver mon bon sens. J'ai jeté un coup d'oeil à Jo, qui m'a regardé elle aussi. Aucun de nous deux n'a flanché.

La forêt s'est donc refermée sur nous. Le coeur serré, attentifs au moindre bruit, on a suivi le chemin de terre. Après un kilomètre environ, on a entendu une exclamation et on s'est planqués en vitesse dans le sous-bois.

Mais le cri ne nous était pas adressé. Abandonnant nos vélos, on s'est faufilés jusqu'à la lisière des arbres.

Un aéroport privé s'étendait devant nos yeux. Sur le bord de la piste, la fourgonnette noire était stationnée parmi d'autres véhicules.

Deux bandits sont sortis d'un hangar en

poussant devant eux Monsieur Toc. On les a perdus de vue lorsqu'ils ont contourné un camion.

Toujours déterminés à jouer les héros, on a quitté la forêt et on s'est dissimulés derrière une caisse. Elle était immense et ouverte d'un côté.

On venait à peine de se cacher, quand on a entendu des pas qui se dirigeaient vers nous. La panique nous a saisis et on s'est jetés dans le foin que contenait la caisse.

Ignorant notre présence, des types l'ont aussitôt refermée avec un grand panneau. Des coups de marteau ont retenti.

Un véhicule a grondé. Il y a eu un choc. La caisse a vacillé, puis elle a quitté le sol.

Jo se retenait de hurler:

— Ils nous emmènent! C'est épouvantable! Qu'est-ce qu'on va devenir?

Quelques instants plus tard, la caisse était déposée sur le sol. Puis une porte, quelque part, s'est refermée avec un son mat.

On a entendu un bruit de moteur. C'était presque un sifflement, qui ne cessait de s'amplifier. La température a grimpé de plusieurs degrés subitement. On avait l'impression d'être écrasés par le foin qui nous recouvrait.

La caisse avait été placée dans un avion! Et cet avion venait de décoller!

— Maxime?...

— Oui, Jo?

— Me permets-tu de mettre ma tête sur ton épaule? J'ai tellement envie de pleurer!

Pleurer, c'était notre première décision intelligente de la journée. Tandis que les moteurs de l'avion ronronnaient, les larmes de l'un mouillaient le visage de l'autre.

Dans ma détresse, je caressais les cheveux de Jo. Je ne me croyais pas plus fort qu'elle, mais le besoin de la toucher était plus fort que moi.

Chapitre II
Une puanteur abominable

Beaucoup plus tard, une série de secousses nous a tirés de notre torpeur.

Les moteurs se sont tus. L'avion avait enfin atterri.

On a entendu des voix et des bruits confus. Puis la caisse a été transportée hors de l'appareil. Quand le calme est revenu, j'ai proposé de l'ouvrir.

En poussant de toutes nos forces sur le panneau cloué, on a fini par trouver son point faible. Quelques bons coups d'épaule ont créé l'ouverture qu'il nous fallait.

L'avion était garé sur une piste en terre battue, juste en face de nous. Pourtant, on n'était pas dans un aéroport, mais à l'intérieur d'une caverne! Une caverne mal éclairée... et si vaste qu'on distinguait à peine son plafond et ses murs.

La piste d'atterrissage s'étirait jusqu'à l'entrée située à un demi-kilomètre environ. Des véhicules et du matériel étaient rangés autour de nous. Il y avait surtout des caisses, empilées par centaines.

— Où sommes-nous? a demandé Jo. Crois-tu qu'on se trouve loin de chez nous?

Embarrassé, j'ai consulté ma montre:

— On a été enfermés durant trois heures... L'avion a pu se rendre assez loin, mais il n'a pas quitté l'Amérique du Nord, c'est sûr.

— Si tu dis ça pour me rassurer, c'est raté!

On s'est faufilés entre les caisses. Un mur de béton nous a forcés à tourner à droite. Un peu plus loin, on a déniché une porte coulissante qui s'est ouverte sans difficulté.

Une puanteur abominable s'est alors jetée sur nous. On s'est glissés dans le passage obscur en se bouchant le nez pour ne pas vomir.

Après une dizaine de mètres, le couloir tournait à angle droit. On s'est arrêtés et on a risqué un coup d'oeil. Le corridor se prolongeait jusqu'à une sorte d'étable. Des ampoules suspendues au plafond fournissaient un faible éclairage.

Des compartiments, munis de barreaux dans la partie supérieure, se suivaient en enfilade. Des portes pendaient, presque arrachées de leurs gonds. L'ensemble paraissait mal entretenu et en désordre.

Au fond du passage, un jeune homme s'affairait. Il avait l'air plutôt sympathique avec sa queue de cheval et ses lunettes rondes. Comme il s'agissait probablement d'un bandit, on préférait qu'il ignore notre présence.

De notre poste d'observation, on ne pouvait pas identifier les animaux enfermés dans les box.

Son travail terminé, l'homme a éteint la lumière, puis il est sorti.

Sans délai, on s'est engagés dans l'allée en marchant à quatre pattes, afin d'échapper aux regards des animaux. Mais lorsqu'on est arrivés au milieu de l'étable, une bête a grogné. Tout de suite après, on a entendu un bruit semblable à un battement d'ailes. Plus on avançait, plus les sons étaient nombreux.

On s'est redressés avec précaution. À travers les barreaux les plus rapprochés de moi, trois énormes chiens me montraient les dents.

Du moins, mon cher Pouce, c'est ce que j'ai cru voir au premier abord. En

regardant mieux, j'ai compris qu'il n'y avait pas trois chiens mais un seul!

Un seul, je te dis! Oui, je me trouvais en face d'un *chien à trois têtes*!

Je l'observais, pétrifié par la terreur. Les yeux voulaient me sortir du crâne. D'une voix tremblante, Jo m'a suggéré de regarder dans le box voisin.

Je n'avais jamais vu une telle monstruosité! L'animal avait un corps de singe. Sa face était celle d'un démon. Des cheveux emmêlés et crasseux tombaient sur ses épaules. Dans son dos s'agitaient deux ailes immenses. Le plancher du compartiment était couvert d'excréments. Voilà d'où provenait l'immonde puanteur!

Le chien à trois têtes a poussé trois aboiements simultanés. Comme s'il répondait à un signal, le singe ailé a bondi vers nous en hurlant.

On a détalé à toutes jambes. Une fois dehors, on s'est immobilisés une seconde pour s'orienter.

À droite: une demi-douzaine de bâtiments en béton. À gauche: la piste d'atterrissage qui menait à la caverne. Derrière l'étable: une montagne gigantesque. Partout autour: une forêt de conifères.

Sans même s'assurer qu'on passerait inaperçus, on s'est précipités vers le bois. Dans la forêt, les branches et le sol inégal nous ont ralentis, mais on a continué à courir un bon bout de temps.

Le soleil se couchait lorsqu'on a atteint les derniers arbres. On s'est arrêtés au bord d'une falaise pour reprendre notre souffle. Partout où nos regards se posaient, il n'y avait que de l'eau.

Une île! On était sur une île!

Des éclats de voix ont retenti sur notre droite. Deux hommes couraient vers nous, armés de fusils automatiques. Épuisés, découragés, on ne leur a opposé aucune résistance.

Ils nous ont ramenés dans un véhicule tout-terrain. Pendant que l'un des bandits conduisait, l'autre gardait son arme pointée sur nous. Il souriait méchamment dans sa barbe mal taillée. Ses gros bras étaient couverts de tatouages.

Jo et moi, on ne bougeait pas d'un poil. J'avais beau essayer de me remonter le moral, ma réserve de pensées positives était à sec.

Le tout-terrain s'est garé en bordure des bâtiments. Ils se ressemblaient tous, sauf celui du centre, qui était plus haut et plus massif que les autres.

Tête basse, on s'est laissé conduire à l'intérieur de l'un d'entre eux. Le long des couloirs, on a croisé plein de types à la gueule patibulaire. Il y avait aussi quelques femmes plutôt jeunes et jolies, mais à peine plus sympathiques. Notre présence avait l'air de bien amuser tout le monde.

Les gardes nous ont poussés dans une pièce encombrée de classeurs et de piles de papiers.

— Chef, on a retrouvé les passagers

clandestins!

Lorsque le «chef» s'est écarté de son bureau, je l'ai reconnu immédiatement. Impossible d'oublier ce regard impitoyable derrière les lunettes cerclées d'acier. Un crâne dégarni et une taille anormalement petite complétaient le tableau.

— Docteur Merle! me suis-je exclamé.

Le zoologue nous observait avec des yeux qui exprimaient tout le contraire de la gentillesse. Jo, qui ne l'avait jamais rencontré, m'a soufflé à l'oreille:

— C'est lui, le savant fou que Monsieur Toc avait séquestré?

— Quoi? a rugi le Dr Merle. Je te suggère de mesurer tes paroles, jeune idiote! Sur cette île, je suis le maître, entends-tu? Une autre marque d'irrespect comme celle-là, et le «savant fou» te la fera payer très cher!

Puis il s'en est pris à moi:

— Je te reconnais! Dans l'affaire du Jardin zoologique, tu étais l'un des complices du vieil escogriffe!

— Complice? Pas du tout! Je...

— SILENCE! a-t-il hurlé. De quel droit, petit morveux, oses-tu interrompre le Dr Merle?

En colère, il était encore moins beau à voir. Son visage était cramoisi. Des gouttes de sueur coulaient sur son front. Il grinçait des dents.

Il s'est efforcé de retrouver son calme en prenant une grande inspiration.

— J'ignore comment vous êtes parvenus à vous cacher dans cette caisse. Mais je suppose que vous vouliez secourir le vieux taré. Et vos parents dans tout ça? Avez-vous conscience de l'inquiétude que vous leur causez? Et du remords qu'ils éprouveront toute leur vie en n'ayant plus jamais de vos nouvelles?

Une sentence de mort. Je tremblais de tous mes membres.

— Néanmoins, a-t-il ajouté en souriant, je ne vous éliminerai pas tout de suite. Car il est possible que vous me soyez d'une quelconque utilité au cours des prochaines heures.

À cet instant, un troisième gangster s'est introduit dans la pièce. Il a glissé quelques mots à l'oreille de son patron.

— Il refuse toujours de parler? a explosé le savant. Ah! nous allons voir ce que nous allons voir! Emmenez ces enfants hors d'ici! Je les ai assez vus! Ce vieil imbécile ne perd rien pour attendre, je vous le garantis!

Pas nécessaire d'être un voyant pour savoir de qui il était question. Monsieur Toc était vivant, et il se trouvait sur cette île. C'était la première bonne nouvelle depuis belle lurette.

Même si on n'avait pas appris grand-chose, j'étais content que cet entretien soit terminé. Toujours sous escorte, on est retournés à l'étable. Là, les bandits nous ont enfermés dans un compartiment vide dont ils ont cadenassé la porte.

On avait la mort dans l'âme, Jo et moi. Et l'insupportable puanteur était le moindre de nos soucis!

Dans l'obscurité qui nous cernait, les animaux produisaient toutes sortes de bruits inquiétants. De temps à autre, l'un d'eux poussait un long cri tout à fait digne des meilleurs films d'horreur.

— On est foutus! sanglotait Jo à voix basse. Jamais la police ne nous retrouvera sur cette île!

Moi, je n'avais plus envie de parler. La coupe était pleine, comme on dit. Et je tombais de sommeil.

Je me suis couché sur une botte de foin au fond du box. Jo m'a imité peu après, et je l'ai prise dans mes bras.

Malgré l'odeur et les bruits qui nous entouraient, malgré la peur qui nous tenaillait, on a fini par s'endormir.

Chapitre III
Les créatures du Dr Merle

Un remue-ménage nous a réveillés le lendemain.

À peine avait-on ouvert les yeux qu'on a vu des bandits jeter quelqu'un dans le box en face du nôtre.

C'était Monsieur Toc!

Il semblait avoir été maltraité. Ce qui ne l'a pas empêché de lancer une exclamation lorsqu'il m'a reconnu:

— Mais que diable faites-vous ici, jeune homme?

Puisqu'on s'était déjà tous rencontrés, les salutations ont été brèves. Je lui ai résumé les événements qui nous avaient entraînés dans cette galère.

— Vous auriez beaucoup mieux agi en laissant la police s'occuper de mes ravisseurs! En prenant ces initiatives, vous n'avez réussi qu'à vous jeter dans la gueule du loup. Et ce n'est pas moi qui vous serai d'un grand secours!

— Vous avez l'air un peu souffrant, a dit Jo.

— J'ai déjà été en meilleure forme, en effet. Les complices de Merle m'ont interrogé toute la nuit. Avec bien peu de délicatesse, il va sans dire!

— Pourquoi vous ont-ils kidnappé? ai-je demandé. Qu'est-ce qu'ils vous veulent?

— Merle a besoin de ma collaboration. Mais je vous jure qu'il ne l'aura pas!

— Votre collaboration? Quelle sorte de collaboration?

— Pour vous, je suis un ancien gardien de zoo. Cependant, je n'ai pas toujours exercé ce métier. Plus jeune, j'étais considéré comme le plus grand spécialiste des animaux fabuleux!

Ce détail nous a d'autant plus étonnés qu'on ignorait de quoi il parlait. Les «animaux fabuleux», qu'est-ce que c'était?

— Il y en a autour de nous, actuellement! a-t-il répondu avec fougue. Ce chien à trois têtes, c'est un cerbère! Le gardien de la maison d'Hadès! Le portier des Enfers!

— Et la chose qui pue? s'est risquée Jo. Comment s'appelle-t-elle?

— C'est une harpie! Une divinité funèbre qui produit des excréments sans discontinuer! Elle est aussi...

Je l'ai interrompu:

— Attendez un peu... Si je comprends bien, les animaux dont vous parlez appartiennent aux légendes. Ils sont imaginaires! Et pourtant, un vrai cerbère et une vraie harpie sont enfermés avec nous dans cette étable!

— Tout cela est exact, jeune homme. Et s'il y a des animaux fabuleux sur cette île, c'est parce que Merle les a créés!

Mon cher Pouce, commences-tu à comprendre dans quel but le Dr Merle s'était installé sur cette île? Devines-tu un peu en quoi consistaient ses travaux?

Les monstres qui nous entouraient, il les avait fabriqués en laboratoire! Il les avait conçus en s'inspirant des légendes, des fables, des récits mythologiques!

Je sais bien que ça semble tout à fait invraisemblable. Et pourtant, c'est la stricte vérité.

— Comment s'y est-il pris? a questionné Jo. Le Dr Merle est un génie, mais quand même!

— Il a mentionné d'étranges techniques. Pour lui, la vie se résume à des substances, à des formules, à des combinaisons. Nul doute que ses exploits sont prodigieux. Par contre, cet individu n'a aucun respect pour les animaux qu'il a créés! La preuve: savez-vous à quoi ils sont destinés?

On a fait signe que non.

— À être vendus! Vous rendez-vous compte? Vendus comme de vulgaires objets de consommation!

— Qui pourrait bien vouloir acheter une harpie?

— Des milliardaires en mal d'excentricités! Naturellement, il s'agit là d'un commerce illégal. Tout est pourri dans cette affaire... Cette île, ces installations, ce matériel appartiennent à la pègre internationale! Les travaux de Merle sont financés par le crime organisé!

Vu la présence de tous ces gangsters, j'ai à peine été surpris par cette nouvelle. N'empêche que l'avenir, tout à coup, m'a paru encore plus sombre.

Ma main s'est timidement dirigée vers Jo. Mon amie éprouvait sans doute la même angoisse, car j'ai rencontré sa main au vol. Toutes deux se sont serrées un long moment.

— Merle a perdu la maîtrise de la situation, continuait Monsieur Toc. Il fallait s'y attendre. Ce type qui se prend pour Dieu n'est qu'un ignorant! Jamais il ne s'est donné la peine d'étudier les légendes qui concernent ces animaux. Il ignore donc ce qu'ils sont vraiment et ce qu'ils représentent. Notre génial scientifique a joué avec des forces qui le dépassent!

Le vieil homme parlait d'un ton enflammé. Cela semblait d'ailleurs exciter les bêtes autour de nous.

— S'imaginait-il que ces créatures extraordinaires se comporteraient comme des animaux domestiques? Qu'elles resteraient docilement dans leur box ou leur enclos à attendre leur miam-miam?

— Leur enclos? ai-je fait. Il y a aussi des enclos?

— Derrière les bâtiments, oui. Mais à présent, ils sont vides! Les animaux qui s'y trouvaient se sont échappés!

— Où sont-ils partis?

— Dans les montagnes où ils peuvent vivre en toute liberté! C'est pour cette raison que Merle a besoin de moi. Il voudrait utiliser mes connaissances pour les récupérer.

— Pourquoi ne pas les capturer avec ses complices?

— Le risque de blesser ces animaux, sinon de les tuer, serait beaucoup trop grand. Chacun d'eux vaut des millions de dollars! S'il n'est pas en mesure de livrer bientôt sa «marchandise», la pègre cessera de le financer. Et elle exigera qu'il rembourse ses dettes. Merle est coincé!

La porte s'est ouverte au fond de l'étable. Le jeune homme à la queue de cheval et aux lunettes rondes est entré. D'après la réaction des bêtes, j'en ai déduit que c'était l'heure du repas. En effet, il s'est mis à lancer des boulettes de viande dans les box.

— Pardon? lui ai-je dit au moment où il passait devant nous. Est-ce qu'on aura droit à un repas, nous aussi?

Il s'est immobilisé. Sans nous regarder, il a répondu:

— Je suis désolé. Je... Moi, je m'occupe seulement des animaux.

— Vous êtes vétérinaire, je suppose? a rugi Monsieur Toc. J'espère que vous prenez bien soin de ces créatures! Vous ne pouvez pas vous imaginer à quel point elles sont importantes!

Cette intervention m'a laissé croire que le vieil homme se fichait totalement de notre sort, à Jo et à moi. J'avais beau connaître son amour pour les animaux, son attitude me chagrinait.

— Monsieur? a fait Jo d'une petite voix triste. Vous n'avez pas l'air d'un bandit, vous. Si vous n'intervenez pas, mon ami et moi, on va mourir sur cette île!

Cette fois, le vétérinaire s'est tourné vers nous:

— Si je pouvais vous aider, je le ferais. Mais je n'ai pas le choix! La pègre m'a forcé à venir travailler ici.

— Avez-vous été kidnappé vous aussi?

— Non. Je dois beaucoup d'argent à certains individus et je ne peux pas les rembourser autrement. Les techniciens de laboratoire et le personnel d'entretien sont dans la même situation.

— Pourquoi ne vous révoltez-vous pas tous ensemble?

Il a haussé les épaules en guise d'impuissance:

— Les gangsters sont armés... et inquiets depuis que les bêtes se sont échappées. De toute manière, même si on parvenait à s'enfuir, la pègre finirait par nous

mettre le grappin dessus!

— Cette île, où est-elle située?

— Dans l'Atlantique, à trois cents kilomètres à l'est du Labrador... Mais je vous en ai assez dit!

Sur ce, il s'est éloigné afin de poursuivre son travail.

— À trois cents kilomètres du Labrador! a répété Jo.

Elle s'est laissée tomber dans le foin pour y déverser les larmes qu'elle retenait depuis longtemps. Affligé, moi aussi, je l'ai regardée pleurer en ne sachant que faire.

Chapitre IV
L'oeuf meurtrier

Un gangster nous a enfin apporté de la nourriture.

Plus tard, quelques-uns de ses acolytes sont venus nous chercher tous les trois. Ils nous ont conduits dans le bâtiment central.

Les bandits s'y faisaient rares. On voyait surtout des gens en sarrau blanc: les techniciens de laboratoire dont le vétérinaire nous avait parlé. J'en ai conclu que cet édifice abritait les installations scientifiques.

On est entrés dans une immense salle entourée de baies vitrées. Tout de suite, l'objet qui en occupait le centre a attiré nos regards.

On aurait dit un oeuf gigantesque. Des câbles le reliaient aux divers appareils qui l'entouraient. Sa coquille, faite d'un métal brillant, était percée de hublots.

Les techniciens semblaient mal à l'aise. Le Dr Merle leur a ordonné de sortir.

— Je suis d'excellente humeur ce matin,

nous a-t-il annoncé. Devinez-vous pourquoi? Parce que Monsieur Toc m'accordera bientôt son entière collaboration! Il y a de quoi se réjouir, non?

D'un grand geste du bras, il a désigné l'oeuf géant:

— Voici la Matrice!... Pour simplifier, disons qu'il s'agit d'un incubateur amélioré. Vous avez sans doute compris que mes créatures ne viennent pas au monde de façon traditionnelle. Comme elles n'ont pas de mère pour les porter, elles doivent se développer dans un milieu artificiel.

Contrairement à son habitude, le zoologue s'exprimait avec beaucoup d'entrain et de fierté.

— La Matrice est parfaitement adaptée à mes créatures. Par contre, j'en déconseillerais fortement l'usage à tout autre type d'organisme. Les rayons qu'elle produit seraient très nocifs pour un être humain, par exemple.

Ses yeux se sont doucement posés sur moi, puis sur Jo, tandis que sa bouche affichait un sourire presque paternel.

— Mes petits amis, je vous ai dit hier que vous me seriez peut-être utiles. Eh bien, j'avais raison! L'un de vous deux, en effet, aura l'incomparable chance de contribuer à mes glorieux travaux!

Lorsqu'il s'est adressé à Monsieur Toc, son sourire a disparu:

— Je suis extrêmement pressé, vieil homme! Votre refus de collaborer m'oblige à prendre les grands moyens!

Me pointant du doigt, il a lancé un ordre aux gangsters:

— J'ai choisi le garçon!

Avant même que j'aie eu le temps de comprendre, des mains m'ont saisi par les épaules et m'ont entraîné vers la Matrice. Je me débattais. Je donnais des coups de pied. Je tentais de mordre les gardes. Plus je résistais, plus ces salauds me malmenaient.

Derrière moi, Jo hurlait à pleins poumons:

— Il ne vous a rien fait! Laissez-le tranquille, bande de sadiques!

Merle s'est tourné vers Monsieur Toc:

— Le pauvre garçon souffrira beaucoup. Il n'en tient qu'à vous d'abréger cette pénible expérience.

Un bandit a ouvert une porte sur le flanc de la Matrice. Une vigoureuse poussée m'a propulsé à l'intérieur. La porte a claqué. Je me suis relevé en vitesse. Pas moyen de l'ouvrir: elle n'avait ni poignée ni loquet.

— Laissez-le sortir! s'époumonait Jo. Vous n'avez pas le droit de faire ça!

J'entendais toujours ce qui se passait dans la salle, mais les sons étaient étouffés par les parois de la coquille.

Affolé, j'ai pressé mon visage contre un hublot. Deux gardes étaient occupés à retenir Jo, qui s'agitait comme une diablesse.

Monsieur Toc, lui, ne laissait voir aucune émotion.

— Alors? lui a demandé Merle.

— Je ne collaborerai jamais avec vous, a répondu le vieil homme.

Jo l'a regardé avec stupéfaction:

— Quoi? Vous rendez-vous compte? Maxime va mourir!

Merle a posé les mains sur une console:

— Vous l'aurez voulu.

Autour de moi, la lumière a augmenté d'intensité. Puis elle est passée du blanc au rouge.

Déjà, mon front était couvert de sueur. Mes vêtements me collaient à la peau. Je ne respirais plus normalement. Les battements de mon coeur retentissaient dans mes oreilles.

Incapable d'admettre que Merle était assez ignoble pour m'assassiner, j'attendais la suite...

Je me sentais de plus en plus faible. La tête me tournait. Une vibration me transperçait les tympans. Un éclair de douleur a traversé mon crâne, et j'ai eu envie de vomir.

Alors, j'ai compris qu'il était tout à fait possible que je meure au cours des prochaines minutes. C'était une pensée nouvelle pour moi. À la fois bizarre et épouvantable!

Je refusais cette idée. Oh non! je ne voulais pas que ma vie se termine! Elle avait été si courte! J'avais encore tant de choses à réaliser!

Rire! J'avais tellement aimé rire! Il fallait à tout prix que je rie encore! Un milliard de fois!

J'ai songé à mes parents, qui étaient très loin. Savoir que je ne les reverrais plus était déjà un prélude à la mort.

Et j'ai aussi pensé à toi, mon ami Pouce. Que s'était-il passé avec la police? Comment allais-tu? Que faisais-tu en ce moment où je perdais mes forces dans cet oeuf meurtrier?

Je me suis rapproché du hublot. Mes jambes étaient comme des piliers de béton. Mes bras m'élançaient horriblement. Mes yeux ne fonctionnaient pas très bien: tout ce que je voyais était flou et tremblotant.

Là-bas, Jo continuait de hurler et de se débattre.

Mes genoux ont fléchi. Je me suis écroulé.

En fermant les yeux, je me suis dit que je l'aimais, cette jeune fille.

Je l'aimais et je ne voulais pas la perdre!

Puis, la douleur a été trop forte, et je me suis évanoui.

***

Comme je suis vivant aujourd'hui, tu devines que la Matrice m'a épargné.

En effet, j'ai fini par me réveiller une fois, deux fois, vingt fois... Couché sur la botte de foin, je me rendormais aussitôt, tandis que Jo me caressait le front.

Le vétérinaire est venu m'examiner à plus d'une reprise.

Je me souviens d'une douleur au bras droit. Une piqûre...

Je me rappelle aussi une brève conversation avec lui. Il était accroupi à mes côtés. Un peu en retrait, Jo m'observait avec inquiétude.

— Je t'ai apporté des fruits, a dit le jeune homme. Mange-les lentement et sans en laisser une bouchée. Ordre du médecin!

Il s'est redressé:

— Tu t'en sortiras vite, Maxime. Tu as seulement besoin de vitamines et de repos... En passant, je m'appelle François.

***

Je me suis levé. J'étais seul. J'ai vacillé jusqu'à la porte et je me suis agrippé aux barreaux.

J'avais mal partout. J'étais étourdi. Mais il fallait que je sache où était passée Jo!

D'une voix de corneille, j'ai appelé Monsieur Toc.

— La demoiselle n'est plus ici, a-t-il prononcé gravement.

— OÙ EST-ELLE?

Son regard était fuyant:

— Lorsque Merle a compris que je ne capitulerais pas, il a désactivé la Matrice et...

Quoi! Ce qu'il disait était trop ahurissant! Ma survie, je ne la devais pas à Monsieur Toc, mais au Dr Merle! C'était si incroyable que je me suis demandé si la Matrice ne m'avait pas détraqué l'esprit!

— Il y a une heure, Merle a ordonné à ses complices d'emmener votre amie.

— *Où* l'ont-ils amenée?

Il a soupiré.

— D'abord, il faut que vous sachiez quelque chose... Parmi les créatures qui se sont enfuies dans les montagnes, il y avait un dragon.

— Un... *dragon*?

— Selon le vétérinaire, ce dragon s'est nourri jusqu'à présent de petits animaux sauvages. Mais ça ne lui suffit plus. Ces derniers jours, il a été vu dans les parages à quelques reprises.

Un dragon! Maintenant, j'étais persuadé de nager en plein délire.

— De toute évidence, continuait Monsieur Toc, il attend l'occasion de s'attaquer à quelqu'un. Les bandits sont inquiets. Des sentinelles veillent jour et nuit au bas de la montagne.

— Ça ne tient pas debout! Il n'y a pas de dragon! C'est impossible!

Dans ma tête, ça tournait comme un manège de fête foraine. J'avais les bras engourdis. J'ai dû lâcher les barreaux pour m'adosser contre la cloison.

— Afin d'éloigner le dragon, les gangsters ont demandé à Merle de lui offrir quelqu'un en pâture. Exaspéré par son échec de cet après-midi, le savant a décidé de sacrifier votre amie.

À cause du choc, je n'ai pas réagi tout de suite.

Puis, je me suis mis à trembler et à transpirer, comme dans la Matrice.

J'éprouvais la formidable envie de me ruer sur Monsieur Toc, de lui déchirer le visage avec mes ongles, de lui arracher les yeux, de lui fracasser la mâchoire à grands coups de pied!

Mes jambes se sont dérobées sous moi, et j'ai plongé au fond d'un abîme.

Chapitre V
Sur la piste de la bête

François m'a réveillé.

— Comment vas-tu? Te sens-tu capable de marcher?

— Oui... Mais Jo?... Parlez-moi de Jo...

— Merle va payer pour ça! a-t-il sifflé entre ses dents. J'ai fini de lui obéir, Maxime! Cette crapule est allée trop loin!

Je me suis levé sans trop de difficulté, et on est sortis du compartiment. J'ai été surpris de voir que Monsieur Toc nous attendait au milieu de l'allée.

Dehors, on n'y voyait presque rien dans l'obscurité. François nous a guidés jusqu'à un sentier qui grimpait dans la montagne. Il chuchotait:

— Ne faites pas de bruit! Il y a une sentinelle tout près d'ici!

Malgré la couverture de laine qu'il m'avait donnée, je grelottais. Après une vingtaine de minutes d'escalade, on a pris place à bord d'un tout-terrain dissimulé derrière des rochers. François a allumé les phares, et on s'est éloignés à vive allure.

— Ils ne se lanceront pas à nos trousses avant le matin, a dit François. On a donc quelques heures devant nous.

L'exercice m'avait dégourdi les membres, et le brouillard dans mon esprit s'était dissipé. J'avais fini par comprendre qu'on s'en allait secourir Jo.

— Espérons qu'il ne soit pas trop tard! m'a lancé le jeune homme. Je sais où les bandits ont laissé ton amie. Mais le dragon l'a peut-être trouvée à l'heure qu'il est!

Je me suis tourné vers Monsieur Toc, qui était assis sur la banquette arrière. Il n'avait pas desserré les dents depuis notre départ. Je souhaitais qu'il affronte mon regard, mais il préférait baisser la tête.

Ma colère était revenue.

Je le haïssais comme je n'avais jamais haï personne. Par sa faute, Jo faisait face au pire danger de son existence. Elle était peut-être même déjà morte. L'inexplicable obstination de cet individu le rendait plus odieux que tous les savants fous de la planète.

Le tout-terrain avançait trop lentement à mon goût. La disparition de Jo avait mis ma vie entre parenthèses. Pour recommencer à vivre, il me fallait la retrouver saine et sauve.

***

Les phares éclairaient un défilé encaissé entre deux falaises.

— C'est ici! a annoncé François en stoppant le véhicule.

J'ai crié dès que j'ai mis pied à terre:

— JO!... JO!... C'EST MAXIME! ON EST VENUS TE CHERCHER!

La réponse que je désirais entendre n'est pas venue.

François et moi, on a couru jusqu'au défilé. J'appelais Jo sans répit même si le silence était seul à me parler.

— Maxime, je crois qu'il faut se rendre à l'évidence...

— Quelle évidence?... Jo n'est plus ici, d'accord! Et qu'est-ce que ça signifie? Tout simplement qu'elle n'est pas folle! Après le départ des bandits, elle est allée chercher un abri!

Le vétérinaire a secoué la tête:

— Elle avait les mains et les pieds liés. Elle n'a donc pas pu quitter cet endroit par ses propres moyens.

Cette précision a provoqué un court-circuit dans mon cerveau. J'ai recommencé à courir et à hurler.

Quand François m'a rejoint, il m'a serré dans ses bras en disant qu'il était désolé, désolé, désolé...

Je continuais à nier l'inacceptable:

— Jo est vivante! Votre maudit dragon l'a emportée, mais rien ne prouve qu'il l'a dévorée! Et ne me dites pas que je m'accroche à de faux espoirs! Je ne m'en irai pas avant d'avoir retrouvé Jo!

— Personne ne sait où le dragon se cache, Maxime! Ces montagnes sont très vastes! Pour dénicher son repaire, il nous faudrait des jours! Et on aura les gangsters sur le dos dès le lever du soleil!

— Je me fiche de tout ça! Si vous refusez de m'accompagner, je partirai seul à sa recherche!

— Je vous accompagne, a dit Monsieur Toc, qui s'était rapproché pendant qu'on discutait.

— Je n'ai pas besoin de vous!

— Vous vous trompez. Sans moi, votre quête est vouée à l'échec. Je sais comment dénicher le dragon et le vaincre. Les animaux fabuleux sont ma spécialité, je vous le répète.

Troublé, je l'ai laissé poursuivre.

— Si vous voulez vraiment secourir la demoiselle, il faut vous référer aux légendes. Et les légendes stipulent qu'afin de terrasser le dragon on doit d'abord monter Pégase.

— Pégase? s'est étonné François. Mais il est...

— Eh! De quoi parlez-vous tous les deux?

Ils m'ont alors expliqué qu'il y avait un

«cheval ailé» parmi les animaux qui s'étaient échappés. Pégase était un cheval pareil aux autres, sauf qu'il avait des ailes, comme un oiseau! Selon François, cette bête était l'une des plus belles réussites de Merle. Mais elle était si farouche que jamais personne n'avait pu l'approcher. Pas même le vétérinaire.

— Comment voulez-vous que ce cheval nous aide si on ne peut pas l'approcher?

Un sourire est apparu sur les lèvres du vieillard:

— Pégase choisit lui-même qui est digne de le monter.

Il me fixait intensément. Soudain intimidé, j'ai regardé ailleurs. Le soleil commençait à blanchir le ciel derrière les falaises.

— Où peut-on le trouver? ai-je demandé après un temps de réflexion.

— Nous devons attendre qu'il fasse son apparition.

— Attendre? Mais on n'a pas une seconde à perdre!

Monsieur Toc me scrutait toujours. J'ai baissé la tête en poussant un grand soupir. Il y a eu un long silence.

— Dans l'immédiat, a proposé François, sortons de ce défilé et allons nous planquer quelque part.

***

On s'est couchés à plat ventre derrière un amas de roches. Aucun nuage ne barbouillait le ciel. Le soleil, encore bas, était aveuglant.

— Là, regardez! s'est exclamé le vétérinaire. Je crois que c'est lui!

D'abord, je n'ai rien remarqué. Puis, à force de plisser les yeux, j'ai distingué un point blanc. Il grossissait. Je me suis rendu compte qu'il se déplaçait en décrivant une courbe. Puis il s'est mis à zigzaguer.

Sa forme se précisait. Je ne voyais plus une vague tache, mais une silhouette aux contours de plus en plus nets.

C'était bel et bien un cheval qui volait ainsi! Ses ailes, longues et effilées, rappelaient celles d'un aigle. Sauf qu'elles avaient la blancheur de la neige.

Pégase se rapprochait du sol. À présent, on pouvait même discerner les ondulations de sa queue et de sa crinière sous l'effet du vent. Bien que j'aie été prévenu de la beauté de cet animal, j'ai eu le souffle coupé.

Il a plané un moment, ailes déployées, comme s'il cherchait le meilleur endroit pour atterrir. Enfin, il est descendu presque à la verticale et il a disparu derrière une crête rocheuse.

— Je désespérais de revoir une telle merveille! a déclaré Monsieur Toc avec émotion.

— Quelle est la suite du programme? a questionné François.

— Avançons-nous jusqu'à ces rochers, là-bas. Il devrait y avoir un ruisseau un peu plus loin.

Le vétérinaire a paru incrédule, mais il n'a pas répliqué.

On a franchi la distance qui nous séparait de la crête puis, le plus silencieusement possible, on s'est hissés jusqu'au sommet.

Les ailes repliées contre ses flancs, Pégase s'abreuvait à un cours d'eau qui serpentait entre les rochers. Sous le soleil, son pelage brillait d'une blancheur immaculée.

— Comment saviez-vous qu'il y avait un ruisseau? a chuchoté François. Vous n'avez jamais mis les pieds ici!

Au lieu de répondre, Monsieur Toc a

posé une main sur mon bras.

— Allez-y! m'a-t-il soufflé. Approchez-vous prudemment de lui. Et quoi qu'il advienne, gardez confiance!

Chapitre VI
Les ailes de Pégase

J'ai descendu l'autre versant de la crête avec précaution. Alerté par le bruit d'un caillou qui roulait, Pégase a tourné la tête dans ma direction. J'ai cessé de bouger.

Ses grands yeux m'ont observé sans surprise ni crainte. Au bout d'un moment, il s'est remis à boire.

Rendu au bas de la pente, j'ai continué mon approche, lentement, en m'assurant de rester dans son champ de vision. Lorsqu'il eut fini de s'abreuver, il s'est ébroué en hennissant. J'ai cru qu'il allait s'envoler, mais non.

S'éloignant du ruisseau, il est venu se poster en face de moi, la tête bien haute. Ses oreilles remuaient. Ses naseaux frémissaient. On aurait dit qu'il attendait un geste précis de ma part.

Quand je me suis avancé de nouveau, il s'est éloigné. À chacune de mes tentatives, sa réaction a été identique.

Pégase me regardait. Sans cette queue touffue qui ondoyait derrière son dos, il aurait ressemblé à une statue. J'ai essuyé la sueur qui coulait sur mon front, persuadé qu'il s'amusait à mes dépens.

J'ai eu une idée. Comme si j'éprouvais un malaise, j'ai porté une main à mon visage. Puis je me suis écroulé sur le sol où je suis resté immobile.

Au bruit léger de ses sabots, j'ai compris que Pégase se déplaçait vers moi.

Le silence est revenu.

Le cheval était si proche que je sentais son souffle sur ma peau. Il m'a poussé avec son nez, tout doucement. J'ai continué à faire le mort.

Il a léché mon visage. J'ai supporté ce traitement sans rien laisser paraître.

Alors, en hennissant de façon presque macabre, Pégase s'est éloigné d'un pas lourd.

J'ai ouvert un oeil. Il me tournait le dos, tête basse, en piaffant dans les cailloux.

Je me suis redressé.

— Fini de jouer? ai-je dit d'une voix forte.

Il a fait volte-face. Était-ce un sourire, cette espèce de grimace sur sa bouche?

Je n'ai pas eu le temps de savourer ma victoire. Subitement, il a ouvert ses ailes et il s'est élancé vers moi au grand galop. La surprise m'a figé sur place.

Il a freiné une fraction de seconde avant la collision et s'est dressé sur ses pattes de derrière. Le hennissement qu'il a poussé ressemblait à s'y méprendre à un immense éclat de rire. J'ai caressé sa crinière. Il a frôlé mon visage avec son cou. Ça signifiait qu'on était devenus copains tous les deux.

Il s'est agenouillé afin que je le monte plus facilement. Au sommet de la crête, François et Monsieur Toc agitaient les bras pour me souhaiter bonne chance.

Quand Pégase s'est relevé, j'ai agrippé sa crinière à deux mains. Il est parti au trot en déployant ses ailes. Et on s'est envolés!

On s'éloignait du sol à toute vitesse. L'air sifflait à mes oreilles.

Peu habitué à ce genre d'acrobaties, je me sentais affreusement vulnérable. Ça me rappelait les montagnes russes ou la grande roue, en mille fois plus affolant. J'ai étreint Pégase par le cou et j'ai fermé les yeux.

Lorsque j'ai eu le courage de les rouvrir,

on était rendus très haut dans le ciel.

Mon coeur s'est calmé petit à petit. À cette hauteur, il faisait un peu froid, mais c'était supportable.

Maintenant, je pouvais mieux goûter ce qui m'arrivait. Voler ainsi sur le dos d'un animal était une expérience incomparable et féerique. J'avais l'impression de me mouvoir par mes propres moyens, comme dans ces rêves où l'on se transforme en oiseau.

À perte de vue, il n'y avait que des montagnes. Cette île était étendue, beaucoup plus que je l'avais cru. Pégase savait-il où je désirais me rendre? Ou se déplaçait-il sans but précis?

Il a amorcé sa descente en formant des cercles de plus en plus petits au-dessus d'une montagne. Parmi les rochers, j'ai remarqué l'entrée d'une caverne.

Et la peur m'a repris! Car cette caverne était certainement le repaire du fameux dragon. Si j'entrais là-dedans, je risquerais ma vie, rien de moins.

J'ai failli signaler à Pégase que je voulais repartir. Puis j'ai pensé à Jo. Et le feu de la colère s'est rallumé dans mon coeur.

Mon amie vivait-elle toujours?

Était-elle blessée? Était-elle terrifiée, désespérée au point de souhaiter que le dragon l'achève au plus vite? Ou bien, au contraire, croyait-elle encore qu'un miracle puisse se produire?

La secourir ne me suffisait plus. Je tenais aussi à la venger! Et pour cela, j'étais disposé à payer le prix, quel qu'il soit.

Pégase a atterri près de la caverne. De chaque côté de l'entrée, des arbres rabougris montaient la garde. Le sol était couvert de bois mort. J'ai ramassé une grosse branche, longue et droite, qui se terminait en pointe. Puis, je suis remonté sur Pégase.

On a franchi le seuil de la grotte et on s'est engagés dans un tunnel. La pente était abrupte. Plus on descendait, plus il faisait noir. Une épaisse fumée, piquant les yeux et la gorge, venait peu à peu à notre rencontre.

La descente a duré presque une demiheure.

Finalement, on est arrivés aux abords d'une gigantesque fosse d'où s'élevaient de sombres nuages. Seules les flammes qui se tordaient à travers cette fumée dissipaient un peu les ténèbres.

Sous mes cuisses, je sentais la tension

des muscles de Pégase. Mes yeux étaient remplis de larmes depuis un moment déjà. Je toussais.

Alors, un affreux hurlement a déchiré le silence!

Un cri vraiment effroyable, perçant comme une aiguille, assourdissant comme le tonnerre!

Puis une tête hideuse a jailli de la fosse. Elle rappelait celle d'un crocodile, en beaucoup plus gros, et elle était hérissée de cornes. Les yeux, ronds et jaunes, nous fixaient avec malveillance. La gueule était ouverte sur des dents longues et recourbées.

Le dragon était là, devant nous! Sans l'ombre d'un doute, c'était un *monstre*. Il représentait tout ce que l'on pouvait détester en ce monde: laideur, répulsion, méchanceté!

Maintenant que la bête nous avait aperçus, son instinct lui dictait certainement une seule chose: nous anéantir!

Soudain, le feu qui éclairait la caverne s'est éteint. Tout est devenu obscur.

Sentant le danger, Pégase a ouvert ses ailes et il a bondi au-dessus du gouffre. Au même instant, un claquement a retenti derrière nous: les mâchoires du dragon s'étaient refermées sur le vide.

Tandis que mon destrier prenait de la hauteur, je regardais en bas dans l'espoir de distinguer quelque chose. Lorsque les flammes se sont ranimées, j'ai vu une sorte de plateau derrière la fosse.

Sur ce plateau, un corps était étendu!

Fouetté par l'urgence, j'ai signalé mon intention à Pégase. Il a viré sur l'aile, puis a entamé sa descente.

La tête du dragon, surgie de nulle part, nous a coupé la route. Mon cheval a bifurqué si brusquement que j'ai failli tomber. Aussitôt après, il a évité de justesse un jet de feu craché par le monstre.

L'affreux cri a retenti de nouveau. Et un autre jet de feu a forcé Pégase à changer sa trajectoire.

Quand on s'est posés sur le plateau, j'ai sauté à terre et je me suis élancé à travers la fumée. J'aurais voulu appeler Jo, mais ma gorge et mes poumons me faisaient trop souffrir.

Le hurlement du dragon a explosé dans mes oreilles. J'ai fait volte-face. Sa tête se dressait à quelques mètres de moi! En voyant sa gueule s'ouvrir, je me suis jeté au sol à toute vitesse.

Le jet de feu a balayé le plateau, me permettant d'apercevoir Jo, pas très loin devant moi. J'ai couru vers elle. Mais le monstre, qui n'en finissait plus de cracher des flammes, m'a obligé à reculer.

Mon dos a heurté un mur de pierre. Il n'y avait plus d'issue! J'ai brandi le pieu,

que je n'avais toujours pas lâché.

Le dragon a étiré le cou dans ma direction en ouvrant la gueule toute grande. Un galop s'est alors fait entendre. J'ai bondi sur Pégase à l'instant où il s'arrachait du sol.

Ma monture a virevolté autour de l'ennemi. Hurlant de rage, le monstre se tordait le cou dans tous les sens.

Cela a duré longtemps. Enfin, le dragon a incliné la tête avant de s'immobiliser, complètement étourdi. Tandis que Pégase achevait un dernier cercle, de toutes mes forces j'ai enfoncé le pieu dans l'oeil qui me regardait.

Le dragon a laissé échapper un gémissement interminable, où se mêlaient l'étonnement et la souffrance. Même si la plainte était celle d'un monstre, elle n'en était pas moins bouleversante. Car elle exprimait cette immense peur de la mort que je connaissais trop bien à présent.

Sans délai, on est retournés sur le plateau.

Jo était couchée sur le dos, les yeux fermés. Elle paraissait dormir. Toutefois, si elle respirait encore, son souffle était trop faible pour soulever sa poitrine.

Son pouls était imperceptible.

J'ai rapidement défait ses liens. Puis je l'ai soulevée et déposée sur le dos de Pégase.

Chapitre VII
La mort et la vie

Le soleil m'a aveuglé lorsqu'on est sortis du tunnel.

J'ai étendu mon amie sur le sol. À présent, je ne savais plus quoi faire. Dans des circonstances normales, j'aurais appelé l'ambulance, le médecin, la police...

Mais personne ne pouvait m'aider. J'étais seul! Tellement seul et si ignorant des choses de la mort et de la vie!

Jo était affreusement immobile, et mes yeux avaient encore le culot de la trouver jolie.

J'ai commencé à pleurer. Mes sanglots s'envolaient comme des chauves-souris effrayées.

Au comble de la tristesse, j'ai secoué ses épaules. Oh! très doucement! Je ne voulais surtout pas éteindre l'étincelle qui l'animait peut-être encore.

Elle n'a eu aucune réaction.

J'ai prononcé son nom plusieurs fois.

Tout bas, dans le creux de son oreille. Plus fort, dans le creux de mes mains qui étouffaient mes pleurs.

Sans savoir si elle m'entendait, sans savoir si elle était encore là, je lui ai parlé...

Ce que je lui ai dit est très personnel et très secret. Tu m'excuseras donc, mon cher Pouce, de ne pas tout te révéler. C'étaient des phrases remplies de douleur et de regret.

À la fin, je lui ai demandé pardon pour ces fois où j'ai été moins gentil avec elle. Pour ces maudites fois où elle a peut-être cru que je ne l'aimais pas beaucoup.

Le grondement d'un moteur m'a tiré de mon recueillement. Au pied de la montagne, un véhicule tout-terrain a surgi de derrière un rocher. François et Monsieur Toc étaient à bord.

Pégase est venu vers moi. Son regard me murmurait qu'il était temps de nous séparer.

J'ai tapoté son front en le remerciant. J'aurais aimé lui sourire, mais mon coeur était broyé. Puis l'animal s'est envolé majestueusement.

— Elle est dans le coma, a conclu François après un court examen. Elle n'a subi aucune blessure sérieuse. À mon avis, son état est causé par une grave intoxication.

— L'air de la caverne était irrespirable, ai-je expliqué.

— Empoisonné par l'haleine meurtrière du dragon, a ajouté Monsieur Toc.

Je n'éprouvais plus de colère à l'égard du vieil homme. Depuis un moment, il me semblait que j'avais franchi une espèce de frontière...

On est demeurés debout tous les trois autour du corps inerte. Il n'y avait plus rien à dire. Même la nature hostile s'était jointe à nous dans le silence.

Puis notre attention a été attirée par un bruit. Alors, on a vu un cheval blanc qui s'approchait de nous en hésitant. Sur le coup, j'ai cru que Pégase était revenu.

Mais ce cheval-là n'avait pas d'ailes. Et une longue corne en spirale se dressait au milieu de son front. Autre différence: il avait une barbiche de chèvre.

Une licorne!

Pégase était un animal magnifique, mais notre visiteuse le surpassait en élégance. Elle était plus mince et plus gracieuse que lui. Ses yeux avaient un petit air féminin, peut-être à cause des très longs cils.

Monsieur Toc nous a fait signe de nous éloigner. Je n'en avais nulle envie, mais la confiance était la dernière chose qui me restait.

Encore méfiante, la bête s'est immobilisée. Ensuite, elle a penché la tête en pointant sa corne vers le visage de Jo. J'ai eu peur qu'elle lui fasse mal, et Monsieur Toc a dû me retenir. La corne s'est posée doucement sur le front de celle que j'aime. Durant un long intervalle, il ne s'est rien produit.

La licorne s'est couchée. Comme une amoureuse débordante de tendresse, elle a appuyé sa tête sur la poitrine de Jo.

C'était émouvant. Cette scène donnait vraiment le goût de croire que l'amour pouvait se montrer sous les formes les plus inattendues. L'intimité que cet animal partageait avec mon amie me rendait aussi un peu jaloux, je dois l'avouer.

Mais le plus extraordinaire restait à venir.

D'abord, il y a eu ce frémissement dans les membres de Jo. Ensuite, sa poitrine s'est soulevée comme une vague, avant de s'abaisser et de se soulever de nouveau, encore et encore!

Puis, ses paupières se sont ouvertes, lentement, pareilles à des fleurs dévoilant leurs pétales.

Lorsqu'elle a vu la licorne blottie contre elle, un sourire a illuminé son visage. Sa main gauche est allée s'enfouir dans l'épaisse crinière.

Délicatement, je me suis approché d'elles.

— Comment te sens-tu?

— Un peu faible... J'ai dormi longtemps?

— Oui. Mais j'ai eu très peur que tu dormes beaucoup plus longtemps encore.

Mes lèvres ont effleuré les siennes. C'était la première fois que je l'embrassais ailleurs que sur les joues. Et ce baiser m'a permis de croire que la vie recommençait pour moi aussi.

Tout en me surveillant du coin de l'oeil, la licorne savourait les caresses que Jo lui faisait. On aurait dit un gros chat. Quand Monsieur Toc et François sont venus nous rejoindre, la bête s'était endormie.

— Autrefois, a expliqué le vieillard, l'humanité chassait cet animal à cause des vertus magiques de sa corne. On l'utilisait surtout pour guérir les empoisonnements.

Je me sentais bizarre. J'étais en pleine réalité, aucun doute là-dessus. Pourtant, jamais la réalité n'avait autant ressemblé à un rêve.

Chapitre VIII
Qui êtes-vous, Monsieur Toc?

La journée tirait à sa fin.

Pas question de tenter quoi que ce soit avant le lendemain. Jo était trop faible. Et moi aussi, j'avais besoin de repos.

Pendant qu'on préparait le camp, François nous a dit qu'il avait envoyé un S.O.S. juste avant de nous libérer. Puis il a ajouté d'un air grave:

— Malheureusement, je commence à croire qu'aucun navire ne l'a capté!

***

Jo dormait à la lueur du feu. La licorne veillait sur elle, accroupie à ses côtés. Au sommet d'un rocher, François montait la garde. Je me suis avancé vers Monsieur Toc, qui se tenait à l'écart.

Je ne savais trop quoi penser à son sujet. Au cours de la journée, sa connaissance des animaux fabuleux m'avait impressionné en plus d'une occasion. N'avait-il pas deviné les réactions de chaque bête? Ne m'avait-il pas appris à surmonter chaque obstacle?

Il m'avait guidé comme personne n'aurait pu le faire. Sans lui, je n'aurais jamais vaincu le dragon. Et Jo aurait péri.

Son savoir était colossal. Mais j'étais maintenant convaincu que ce n'était pas celui d'un spécialiste ordinaire.

— Qui êtes-vous, Monsieur Toc? lui ai-je demandé.

Il contemplait les derniers feux du soleil derrière les montagnes. Au bout d'un moment, il m'a répondu:

— Mmm... Mon identité n'a pas vraiment d'importance.

— Qu'est-ce qui a de l'importance, alors?

Il a pivoté sur lui-même. Lui que j'avais cru si têtu, si détestable, si insensible, il a posé une main affectueuse sur mon épaule. Son regard de grand-père m'a tout simplement bouleversé.

— Vous et votre amie! s'est-il exclamé. Vous êtes importants!

— Pourquoi?

— Je ne fréquente pas beaucoup la société. J'ignorais donc qu'il existait encore des gens comme vous... Votre ferveur! Votre courage! Votre volonté de vivre! Et cette affection qui vous unit!... Ah! vraiment, je suis ravi de vous avoir aidés!

Contemplant à nouveau l'horizon, il a repris:

— Avant d'être relégués aux légendes, les animaux fabuleux existaient réellement... Oui, Maxime! Ce que je vous dis est vrai... Ils vivaient sur la terre en compagnie des autres animaux et de l'humanité.

J'ai frissonné, mais pas à cause du froid.

— Cela remonte à une époque fort lointaine, a-t-il poursuivi. C'était bien avant que les humains ne soient parvenus à dominer la planète! Savez-vous comment les animaux fabuleux ont disparu, Maxime?

— Non, je...

— Ils n'ont pas été exterminés. Ils ne sont pas morts non plus à la suite d'une catastrophe, comme les dinosaures... Non, les animaux fabuleux ont cessé d'exister quand l'humanité ne s'est plus intéressée à eux, quand elle a pensé ne plus avoir besoin d'eux, quand elle a jugé qu'ils ne comptaient plus!

Les confidences de Monsieur Toc ont été brusquement interrompues. Une voix a crié: «Que personne ne bouge!» Des torches électriques se sont allumées tout autour de nous. Des gangsters ont surgi en pointant leurs fusils automatiques. Jo s'est réveillée en sursaut. François a quitté son rocher en levant les bras.

Quand Merle a fait son apparition, il a commandé à ses complices de s'emparer de la licorne. Monsieur Toc s'est précipité pour intervenir, mais des types se sont jetés sur lui.

Encerclée par les bandits, la bête tentait de les encorner et lançait des ruades. Les filets et les lassos ont rapidement eu raison d'elle. Elle est tombée à genoux en poussant un hennissement à vous arracher le coeur.

— Les licornes ne survivent pas en captivité! hurlait Monsieur Toc en se débattant. Elle va mourir!

— Ce sera entièrement votre faute, a tranché Merle. Vous n'aviez qu'à collaborer avec moi quand il en était encore temps.

Nous désignant tous les quatre, il a ordonné à ses complices de se débarrasser de nous.

C'est à cet instant que les hélicoptères se sont fait entendre au loin. Tout le monde a retenu son souffle.

— Nous n'avons pas d'hélicoptères sur l'île! s'est affolé le zoologue. Qu'est-ce que ça signifie?

J'ai jeté un coup d'oeil à François, qui m'a souri. Son S.O.S. avait produit d'excellents résultats, en fin de compte.

Les bandits se sont enfuis sans plus s'occuper de nous. Dans le ciel noir, le bruit des hélicos augmentait à chaque seconde.

Monsieur Toc s'acharnait sur les liens qui retenaient la licorne:

— Vite, vite! Il faut empêcher les policiers de capturer les bêtes!

— Mais ils ne leur feront aucun mal! ai-je protesté.

— Aucun mal? Elles seront mises en cage et étudiées par une armée de scientifiques! Elles ne méritent pas ça!

La licorne une fois libérée, Monsieur Toc m'a pris par les épaules:

— Savez-vous pourquoi, Maxime, vous avez réussi à secourir votre amie? C'est parce que vous y avez cru! Même si tout cela vous paraissait invraisemblable, vous

avez cru au dragon, au cheval ailé, à la licorne! Votre amie est vivante parce que vous avez cru au merveilleux!

— Vous allez partir, n'est-ce pas? Et vous emporterez les animaux avec vous?

Encore aujourd'hui, j'ignore comment m'est venue cette idée et pourquoi je l'ai reçue comme une certitude.

— Je vais essayer, a-t-il répondu. Si c'est possible, j'empêcherai qu'ils ne disparaissent une seconde fois!

— Vous êtes beaucoup plus vieux que vous en avez l'air, hein, Monsieur Toc? Vous existez depuis des siècles et probablement même depuis plus longtemps encore. Allez, dites-moi si je me trompe!

— Ne vous inquiétez pas, Maxime... Les animaux fabuleux, vivants ou morts, ne seront jamais très loin de vous.

Sur ces mots d'adieu, il s'est empressé de rejoindre la licorne, qui l'attendait.

Peu après, une série d'explosions a retenti en provenance des bâtiments. Sur le coup, j'ai cru que la police avait lancé son offensive. J'ai su la vérité plus tard.

Afin que personne ne découvre comment il avait donné vie à ses créatures, Merle avait dynamité ses installations.

***

Mon cher Pouce, je ne te remercierai jamais assez d'avoir été plus sage que Jo et moi au tout début de cette aventure.

Si tu nous avais suivis dans la forêt au lieu d'avertir la police, l'invasion de l'île ne se serait pas produite. Et Dieu sait ce qui nous serait arrivé!

À la suite de ta déclaration, les policiers ont perquisitionné l'aéroport où Monsieur Toc avait été amené. Ils ont vite constaté que l'endroit servait de base à un important réseau de criminels. Ainsi, quand François a envoyé son S.O.S. le lendemain soir, le message a été pris très au sérieux.

Après l'intervention des hélicos, deux navires bourrés de policiers ont abordé dans l'île. Les gangsters et leurs compagnes ont tenté en vain de se défendre ou de s'enfuir. Seul Merle est parvenu à s'échapper. Il disposait, paraît-il, d'un sous-marin miniature qui lui a permis de filer durant l'opération.

Tous ceux qui travaillaient sous ses ordres ont été arrêtés, y compris François. Nos témoignages, à Jo et à moi, lui éviteront heureusement une sentence trop lourde.

Si les journalistes n'ont pas encore fait allusion aux animaux fabuleux, c'est que la police leur a interdit d'en parler tant que durera l'enquête.

***

Tu as revu Jo, et tu sais qu'elle est maintenant en pleine forme.

Avec moi, on dirait qu'elle est encore plus gentille qu'avant.

Je la vois chaque jour. On fait des promenades. On parle de notre aventure. On rit. On se tait.

Parfois, elle me prend par la main et elle plonge ses yeux de fille dans mes yeux de garçon.

Ça m'intimide un peu. Mais surtout, ça éveille en moi une sorte de grand soleil mystérieux.

***

Monsieur Toc n'a pas été retrouvé.

Selon moi, il a eu le temps d'emmener Pégase et la licorne. Et peut-être aussi les autres créatures que je n'ai pas rencontrées...

J'ignore comment il a quitté l'île et où il se trouve actuellement.

Rien n'est impossible lorsqu'on croit au merveilleux.

Salut, Pouce!

Ton ami Maxime

P.-S.: Les animaux fabuleux reviendront un jour, j'en suis persuadé.

Table des matières

Achevé d'imprimer
sur les presses de Litho Acme inc.